www.ingramcontent.com/pod-product-compliance
Lightning Source LLC
LaVergne TN
LVHW050822051026
849532LV00008B/3076
* 9 7 8 9 3 6 9 0 8 7 4 9 5 *

نیلی جھیل

(ناولٹ)

شفیق الرحمن

Neeli Jheel *(Novelette)*
by: Shafiq ur Rahman
Edition: October '2025
Publisher :
Taemeer Publications LLC (Michigan, USA / Hyderabad, India)

ISBN 978-93-6908-749-5

کتاب	:	**نیلی جھیل** (ناولٹ)
مصنف	:	**شفیق الرحمٰن**
صنف	:	فکشن
ناشر	:	تعمیر پبلی کیشنز (حیدرآباد، انڈیا)
سالِ اشاعت	:	۲۰۲۵ء
صفحات	:	۵۰
سرورق ڈیزائن	:	تعمیر ویب ڈیزائن

شفیق الرحمٰن اردو ادبی دنیا میں اپنے رومانوی افسانوں اور مزاحیہ مضامین کی وجہ سے شہرت رکھتے ہیں تاہم انہیں بنیادی طور پر ایک مزاح نگار کے طور پر جانا جاتا ہے۔ ان کے افسانوں میں طنز کی بجائے ظرافت کے عناصر غالب ہیں اور وہ اپنی تحریروں میں مسکراہٹ ہی کے نہیں قہقہوں کے قائل نظر آتے ہیں۔ انہوں نے اپنی مزاحیہ تحریروں میں کلاسیکی مزاح نگاروں کی خصوصیات کو سمو لینے کے علاوہ خود بھی مزاح نگاری کو ایک نئے رخ اور نئے اندازِ بیان سے نوازا ہے۔

یہ کتاب نیلی جھیل دراصل ایک ایسی تحریر ہے جس کا مطالعہ صرف حساس قاری ہی کر سکتا ہے، یا کچھ ایسے لوگ جو اصل کے علاوہ تصوراتی دنیا بھی تلاش کرتے ہیں۔ کوئی تنہا انسان جھیل کے کنارے بیٹھ کر کیا کیا محسوس کر سکتا ہے، نیلی جھیل اسی کی عکاسی ہے۔

یہ ان دنوں کا ذکر ہے جب رُوفی کے دانت پر بجلی گری۔ رُوفی (جن کو بعد میں شیطان کا نام ملا) بجلی سے بہت ڈرتے تھے۔ جب بادل آتے تو وہ بستروں میں چھپتے پھرتے۔ سب کہتے کہ اگر بجلی کو گرنا ہے تو ضرور گرے گی۔ رُوفی جواب دیتے بے شک گرے، لیکن اس طرح کم از کم اسے مجھ کو ڈھونڈنا تو پڑے گا۔ ہوا یوں کہ بارش ابھی ابھی تھمی تھی۔ رُوفی صوفے کے پیچھے سے نکل کر دبے پاؤں برآمدے تک گئے۔ یہ دیکھنے کہ بادل چھنٹ گئے یا نہیں۔ اتنے میں زور سے بجلی کوندی اور ایک عظیم الشان دھماکا ہوا۔ جب وہ ہوش میں آئے تو ان کا ایک دانت ہل رہا تھا۔ انہوں نے آئینہ دیکھا تو دانت پر بجلی گری۔ وہ دو دن تک بستر پر پڑے رہے۔ لیکن اس طرح ہم اپنے آنے والے سہ ماہی امتحان سے بچ سکے۔ اس کم بخت امتحان نے ہماری نیند اُڑا رکھی تھی۔ ماسٹر صاحب نے ہمارے ساتھ خاص رعایت کی اور ازراہِ کرم امتحان چند دنوں کے لیے ملتوی کر دیا۔

ہمارے ماسٹر صاحب بڑے خون خوار قسم کے آدمی تھے۔ یوں تو وہ بیچلر آف آرٹس تھے، لیکن ہمیں بعد میں پتا چلا کہ شادی شدہ ہیں اور کئی بچوں کے باپ ہیں۔ وہ اُن حضرات میں سے تھے، جو آپ سے سوال پوچھیں گے، آپ کی طرف سے خود جواب دیں گے اور پھر آپ کو ڈانٹیں گے بھی کہ جواب غلط تھا۔ ان کے نوکر کی زبانی معلوم ہوا کہ انہیں نیند میں بولنے اور چلنے پھرنے کی بیماری تھی اور وہ سوتے

ہوئے پیدل چلا کرتے تھے، حالاں کہ ان کے پاس ایک تانگہ تھا اور ایک سائیکل۔ انہیں کھیل کود کا شوق بھی تھا، لیکن فقط اتنا کہ ریفری بن کر خوش ہو لیا کرتے۔ ایک مرتبہ وہ فٹ بال کے میچ میں ریفری تھے کہ یک لخت جوش میں آگئے اور گیند لے کر خود گول کر دیا۔ رُوفی کے ابا ہمیشہ ان سے کہا کرتے تھے کہ ماسٹر صاحب آپ اس علاقے میں فٹ بال کے نمبر دو کھلاڑی ہیں۔ ایک روز ماسٹر صاحب نے ان سے پوچھا کہ نمبر ایک کھلاڑی کون ہے؟ وہ بولے، پتہ نہیں۔

ساری کلاس کا امتحان ہو چکا تھا۔ صرف میں اور رُوفی رہتے تھے۔ نچلی جماعتوں میں رُوفی کے چھوٹے بھائی ننھے میاں باقی تھے، کیوں کہ اس بجلی کے گرنے کے سلسلے میں وہ بھی بطور تیمار دار شریک تھے۔

میں اور روفی مجرموں کی طرح کمرے میں داخل ہوئے۔ ماسٹر صاحب نے ہمیں بتایا کہ وہ ہمارا فقط زبانی امتحان لیں گے اور بالکل آسان سے سوال پوچھیں گے۔ گھبرانے یا ڈرنے کی کوئی بات نہیں۔

انہوں نے رُوفی سے پوچھا۔ "تمہیں کس نے بنایا؟"

روفی ہاتھ سے اشارہ کرتے ہوئے بولے: "جناب اتنا تو مجھے خدا نے بنایا تھا۔ اس کے بعد میں خود بڑھا ہوں۔"

"اس وقت تم ایک چھوٹے سے لڑکے ہو، جب بڑے ہو گے تو کیا بنو گے؟"

"میں انسان بنوں گا۔"

"تم نے ایسی عجیب آنکھیں کہاں سے پائیں؟"

"جی۔۔۔ یہ چہرے کے ساتھ ہی آئی تھیں۔"

اب ماسٹر صاحب مجھ سے مخاطب ہوئے۔۔۔ "بتاؤ ہاتھی کہاں پائے جاتے ہیں؟"

"جناب ہاتھی اتنے بڑے ہوتے ہیں کہ ان کے کھوئے جانے کا سوال ہی پیدا نہیں ہوتا۔"

"میرا مطلب ہے ہاتھی ملتے کہاں ہیں؟"

"جہاں اور ہاتھی ہوں۔۔۔ وہاں۔"

"کیا یہ سچ ہے کہ ہاتھیوں کا حافظہ بے حد تیز ہوتا ہے اور کبھی نہیں بھولتے۔"

"جی ہاتھیوں کے پاس رکھنے کے لیے باتیں ہی کون سی ہوتی ہوں گی۔"

"اچھا!۔۔۔ لومڑی کی کھال کا کیا فائدہ ہے؟"

"لومڑی کو گرم رکھتی ہے۔"

ماسٹر صاحب کا چہرہ رُوفی کی طرف پھر گیا۔ "اگر ایک شخص نے ایک اُلو پندرہ روپے تین آنے ایک پائی میں خریدا اور سات روپے دس آنے ساڑھے گیارہ پائی میں بیچ دیا تو اسے کتنا نقصان ہوا؟"

"جناب میں نے آج تک اُلو اتنا مہنگا بکتا نہیں دیکھا۔" میں نے ڈرتے ڈرتے کہا۔

"اور تم نے؟"

"میں نے کبھی اُلو دیکھا ہی نہیں۔" رُوفی بولے۔

"غضب خدا کا۔ تو آج تک تم نے اُلو نہیں دیکھا۔ (چلا کر) میری طرف دیکھو۔ نیچے کیا دیکھ رہے ہو۔ اچھا میں سوال پھر دوہراتا ہوں۔"

ماسٹر صاحب نے سوال دوہرایا۔ "بتاؤ کتنا نقصان ہوا؟"

"جی روپوں میں نقصان ہوا اور آنے پائیوں میں نفع۔" رُوفی بولے۔

"اچھا، آج تم نے جو سب سے عجیب واقعہ دیکھا ہو بیان کرو۔"

"جناب، آج میں نے چند آدمیوں کو ایک گھوڑا بناتے دیکھا۔"

"لکڑی کا گھوڑا؟"

"جی نہیں اصلی گھوڑا، جیتا جاگتا گھوڑا۔ لیکن جب میں نے دیکھا تو وہ تقریباً اسے مکمل کر چکے تھے اور اس کے کھروں میں میخیں ٹھونک رہے تھے۔"

"ثابت کرو کہ قلم تلوار سے اہم ہے۔"

"جناب۔ تلوار سے چیک پر دستخط نہیں کیے جاسکتے۔"

ماسٹر صاحب کچھ کچھ خفا ہو چلے تھے۔ انہوں نے میری طرف دیکھا اور بولے: "آسٹریلیا کہاں ہے؟"

"جی جغرافیے کے پچاسویں صفحے پر۔"

"جغرافیے میں نہیں، ویسے کہاں ہے؟"

"جناب آسٹریلیا کرۂ ارض پر ہے۔"

"تربوز کے فوائد بیان کرو۔"

"تربوز ایک ایسا پھل ہے جسے کھا بھی سکتے ہیں۔۔۔ پی بھی سکتے ہیں اور اس سے ہاتھ منہ بھی دھو سکتا ہیں۔"

"اور ناریل؟"

"جی۔ ناریل پر ٹکٹ لگا کر اور پتا لکھ کر بطور پارسل کے بھیج سکتے ہیں۔"

"اچھا حروفِ اضافت کیا ہوتے ہیں؟"

"جناب حروفِ اضافت وہ ہوتے ہیں جو اضافہ کرتے ہیں اور جنہیں پڑھ کر کچھ اور حروف یاد آجاتے ہیں۔"

"مثلاً۔"

"مثلاً گھڑی سازیوں معلوم ہوتا ہے جیسے زمانہ ساز ہو۔ پالتو، فالتو معلوم ہوتا ہے، مجرد، مجرب اور طبلہ نواز، بندہ نواز معلوم ہوتا ہے اور۔"

"بس بس۔" ماسٹر صاحب بالکل خفا ہو گئے۔

اب ننھے میاں کو بلایا گیا۔

"ننھے گنتی گن کر دکھاؤ۔" ماسٹر صاحب بولے۔

"ایک، دو، تین، چار، پانچ، چھ، سات، آٹھ، نو، دس، غلام، بیگم اور بادشاہ۔" ننھے نے فاتحانہ انداز سے کہا۔

اس میں غریب ننھے کا بھی قصور نہیں تھا۔ اُن دنوں گھر میں تاش خوب ہوتی تھی۔

شام کو ماسٹر صاحب ہمارے ہاں آئے۔ رُوفی کے ابا سے دیر تک باتیں ہوتی رہیں۔ سوتے وقت ہمیں سنایا گیا کہ ہماری تعلیمی حالت بہت کمزور ہے۔ چنانچہ ماسٹر صاحب ہمیں گھر پر پڑھانے آیا کریں گے۔ اس خبر نے ہمیں اُداس کر دیا۔

اگلے روز اتوار تھا۔ علی الصبح ہم نے مچھلیاں پکڑنے کا سامان لیا اور جھیل کا رُخ کیا۔ اس ٹیوشن کی نئ مصیبت نے ہمیں غمگین کر دیا۔ یوں معلوم ہوتا تھا کہ جو رہی سہی آزادی میسر تھی وہ بھی چھن گئ۔

جھیل کے شفاف اور نیلے پانی پر ہلکی ہلکی دُھند چھائی ہوئی تھی۔ دُور بادلوں کے چھوٹے چھوٹے ٹکڑے ہوا میں تیر رہے تھے۔ کناروں پر پھول دار بیلیں اور پودے جھکے ہوئے تھے اور بے شمار تتلیاں اُڑ رہی تھیں۔ جھیل کے کنارے دُور دُور تک چلے گئے تھے۔ دوسرا کنارہ بہت دُور تھا اور کبھی کبھار ہی دکھائی دیتا۔ جب بارش تھمی ہو یا دن بالکل صاف ہو تو ہر بار کسی نئی شکل میں دکھائی دیتا۔ کبھی دُور دُور تک محل اور قلعے دکھائی دیتے۔ کبھی گھنے اور سرسبز باغ، اور کبھی ریت کے ٹیلے اور نخلستان نظر آتے۔

ہم ہر اتوار جھیل کے کنارے گزارتے۔ بڑے اہتمام سے مچھلیاں پکڑنے کا پروگرام بنتا۔ مچھلیاں بھوننے کا سامان بھی ساتھ ہوتا۔ ہمارے مچھلیاں پکڑنے کے طریقے بھی صحیح تھے، لیکن ہم نے کبھی وہاں ایک بھی مچھلی نہیں پکڑی۔ انجینئر صاحب اور ڈاکٹر صاحب کا خیال تھا کہ اس جھیل میں مچھلیاں بالکل نہیں ہیں۔ جھیل کے پانی میں کوئی خرابی تھی۔ معدنیات کے کچھ ایسے اجزاء شامل تھے جن میں مچھلیاں زندہ نہیں رہ سکتی تھیں، لیکن ہمیں اس پر بالکل یقین نہ آیا۔ ایسی خوش نما جھیل میں تو مچھلیاں دُور دُور سے آکر رہیں گی۔

ہم اُداس ہوتے یا ہمیں دھمکایا جاتا تو ہم سیدھے جھیل کا رخ کرتے۔ بنسیاں پانی میں ڈال کر گھاس اور پھولوں میں بیٹھ جاتے۔ بادشاہوں، پریوں اور بحری ڈاکوؤں کی کہانیاں پڑھتے۔ ذرا سی دیر میں ہم بھول جاتے کہ اس خوب صورت گوشے کے علاوہ دنیا کے اور حصے بھی ہیں جہاں سکول بھی ہے، سکول کا کام ہے، ماسٹر صاحب کی ڈانٹ ہے، گھر والوں کی گھرکیاں ہیں۔

ہم دوسرے کنارے کی باتیں کرتے جسے دیکھنے کا ہمیں بے حد شوق تھا۔ ہم قیاس آرائیاں کرتے کہ وہاں کیا کچھ ہو گا۔ شاید وہاں کسی اور قسم کی دنیا ہو گی۔ کس طرح کے لوگ ہوں گے۔ ہم نے کئی مرتبہ ارادہ کیا کہ کہیں سے ایک کشتی لے کر چپکے سے نکل جائیں اور جھیل کو عبور کر کے دوسری طرف جا پہنچیں، لیکن ہمیں کشتی نہ مل سکی۔ ہمیں تیرنا نہیں آتا تھا۔ کنارے کنارے چل کر دوسری طرف جانا ناممکن تھا، کیوں کہ راستے میں کئی رکاوٹیں تھیں۔

جب ہم چاندنی رات میں جھیل کے کنارے بیٹھ کر ایک دوسرے کو پریوں کی کہانیاں سناتے تو جیسے سارے کردار ہماری آنکھوں کے سامنے چلنے پھرنے لگتے۔ چاندنی کچھ یوں بدل جاتی اور دوسرا کنارا ایسا پُرسحر خطہ معلوم ہونے لگتا کہ ہم سچ مچ پریوں کے ملک میں پہنچ جاتے۔

دن میں جب سمندری لٹیروں کی کہانیاں پڑھی جاتیں تو ہمارا لباس بھی لٹیروں جیسا ہوتا۔ سر پر سیاہ رومال باندھے جاتے۔ چھوٹی چھوٹی کشتیاں بنا کر جھیل میں چھوڑی جاتیں۔ ہوائی بندوقوں اور پٹاخوں سے جھوٹ موٹ کی جنگ ہوتی۔ ایک فرضی جزیرے پر قبضہ کیا جاتا۔ وہاں سے خزانہ برآمد ہوتا۔ جب تیز دھوپ نکلتی، بھنورے گانے لگتے، ہوا رک جاتی اور طرح طرح کی خوشبوئیں فضا میں رچ جاتیں تو ہم آنکھیں بند کیے غنودگی میں رنگ برنگے خواب دیکھتے رہتے۔

اگر وہ جھیل وہاں نہ ہوتی تو نہ جانے ہمارے دن کیوں کر گزرتے۔ کیوں کہ گھر میں ہر ایک ہم دونوں کا دشمن تھا اور ڈانٹنے پر تُلا ہوا تھا۔ ان کا رویہ یہ تھا کہ اگر کچھ کیا ہے تو کیوں کیا ہے اور اگر نہیں کیا تو کیوں نہیں کیا۔ ان دنوں سب کے دل میں

یہ خیال بیٹھ گیا تھا کہ ہم دونوں نہایت نالائق ہیں اور بالکل نہیں پڑھتے۔ ابا کا تبادلہ حسب معمول آبادی سے دُور کسی ویرانے میں ہوا اور مجھے رُوفی کے ہاں بھیج دیا گیا۔ گھر سے ہر خط میں تاکید آتی کہ لڑکے کی پڑھائی کا خاص خیال رکھا جائے۔ چنانچہ خاص سے بھی زیادہ خیال رکھا جاتا۔ گیہوں کے ساتھ گھن باقاعدہ پستا اور ننھے میاں کی بھی خوب تواضع ہوتی۔ ننھے میاں سونے سے پہلے بڑے خشوع و خضوع سے دُعا مانگتے کہ یارب العالمین ہمارے کنبے والوں کو نیک ہدایت دے اور انہیں بتا کہ چھوٹے بچوں کے ساتھ کیسا سلوک کیا جاتا ہے، کیوں کہ اب تک یہ لوگ اس سے بے بہرہ ہیں۔

گھر میں کئی نوکر تھے جن میں سب سے سینئر رستم تھا اور ادھیڑ عمر کا تھا۔ اس کا تکیہ کلام "رکھی ہے" تھا۔ کوئی پوچھتا۔ "میاں رستم میری عینک کہاں گئی؟" جواب ملتا "جی فرش پر رکھی ہے۔" میرے کاغذات یہاں تھے کہاں گئے؟" جی ردی کی ٹوکری میں رکھے ہیں۔" ۔۔۔ "میرا بٹوہ کہاں گیا؟" "جی حوض کی تہہ میں رکھا ہے، ننھے میاں پھینک آئے ہیں۔"

اسے ریڈیو کا بے حد شوق تھا۔ جب دیکھو ریڈیو سے کان لگائے سن رہا ہے۔ ایک مرتبہ کھانا کھاتے وقت کسی نے رکابی کی طرف اشارہ کر کے پوچھا۔ "یہ کیا چیز ہے؟" رستم فوراً بولا۔ "بہاگ کا خیال ہے، بلمپت لے میں۔" ویسے اس وقت ریڈیو پر پکا گانا بھی ہو رہا تھا۔

ہمیں باورچی نے بتایا کہ صبح اُٹھ کر رستم دعا مانگتا ہے۔۔۔ کہ اے خدا اس وقت دن کے سوا چھے بجا چاہتے ہیں۔ اب آپ اُردو میں دعا سینیے۔ یہ دعا دوپہر کو

ایک بجے اور رات کو نو بجے پھر مانگی جائے گی۔ اس دعا کی خاص خاص سرخیاں یہ ہیں۔۔۔ (پھر دعا مانگ چکنے کے بعد) کل پھر میں اسی وقت دعا مانگوں گا۔۔۔ اچھا، اب اجازت دیجیے۔۔۔ آداب عرض۔

اور بعض اوقات تو رستم دعا کے بعد خدا کو موسم کا حال بھی بتایا کرتا۔

باورچی بے حد موٹا تھا۔ اتنا کہ تصویر کھینچتے وقت اس کی کئی تصویریں لینی پڑی تھیں تاکہ وہ مکمل آجائے۔ وہ ہر وقت ہنستا رہتا تھا۔ اکثر اس سے پوچھا جاتا کہ ہنستے کیوں ہو؟ جواب ملتا۔ "جناب شکل ہی ایسی ہے۔"

اس کی گفت گو سن کر یوں معلوم ہوتا تھا جیسے ریڈیو پر دیہاتی پروگرام ہو رہا ہو۔

بعض اوقات وہ جان بوجھ کر بہرہ بن جاتا۔ ہم آوازیں دیتے رہتے اور وہ بالکل نہیں سنتا۔ ایک مرتبہ روفی چلاتے رہے اور وہ ساتھ کے کمرے میں چپ چاپ سنتا رہا۔ ہم کھڑکی سے اسے دیکھ رہے تھے۔ اس سے جب پوچھا گیا کہ اتنی آوازیں اسے کیوں سنائی نہیں دیں؟ تو بولا۔ میں نے آپ کی پہلی آوازیں نہیں سنیں، صرف چوتھی آواز سنی تھی۔

ایک مرتبہ ہمارا گھوڑا کھو گیا۔ سب نے باری باری ڈھونڈا، کسی کو نہ ملا۔ باورچی گیا اور گھوڑے کو پکڑ لایا۔ پوچھا کہ یہ تمہیں کس طرح مل گیا؟ بولا۔ میں نے سب سے پہلے یہ سوچا کہ اگر میں گھوڑا ہوتا اور کھوئے جانے کی نیت ہوتی تو کہاں جاتا۔۔۔ بس میں سیدھا اسی جگہ گیا اور گھوڑا وہیں کھڑا تھا۔

گھر میں بہت سے پالتو جانور اور پرندے تھے۔ ایک طوطا تھا جو رُوفی کے ابا کے

دفتر میں رہتا تھا۔ اسے چند فقرے یاد تھے۔ جب کوئی آتا تو 'ہلو" کہتا۔ پھر کہتا۔ "دروازہ بند کر دیجئے۔" وہ اندر آجاتا تو اسے رُوفی کے ابا کے متعلق بتاتا کہ باہر گئے ہوئے ہیں یا گھر میں ہیں۔ جاتے وقت پھر کہتا "دروازہ بند کر دیجئے۔"

ہمیں خاص طور پر کہا گیا تھا کہ ہم اس طوطے کے ساتھ باتیں کیا کریں اور اسے اچھے اچھے فقرے سکھائیں، لیکن ہم کو دیکھ کر نہ جانے اسے کیا ہو جاتا بس وہ ایک فقرے کا جاپ کرنے لگتا۔ "میاں مٹھو ہوں"۔ "میاں مٹھو ہوں۔" ہم اس کی حوصلہ افزائی کرتے۔ بولو مٹھو، شاباش، باتیں کرو۔ یہ کہو، وہ کہو۔ نئے نئے فقرے سکھاتے، لیکن اس کی میاں مٹھو ختم نہ ہوتی اور ساتھ ساتھ وہ ہماری طرف اس انداز سے دیکھتا جیسے جواب کا منتظر ہو۔ ہر مرتبہ کچھ اس قسم کی گفت گو ہوتی۔

"ہلو۔" وہ کہتا۔

"ہلو بھئی طوطے، سناؤ کیا حال ہے؟"

"میاں مٹھو ہوں۔" بڑے پیار بھرے لہجے میں جواب ملتا۔

"ہاں ہو۔"

"میاں مٹھو ہوں۔" چلا کر۔

"درست کہتے ہو۔"

"میاں مٹھو ہوں؟" اس مرتبہ لہجہ سوالیہ ہوتا۔

"ہو گے!"

"میاں مٹھو ہوں!" بڑی حیرانی کے ساتھ۔

"تو پھر کیا کریں؟"

"میاں مٹھو ہوں۔ میں مٹھو ہوں۔" غصے میں۔

"مان لیا بابا، مان لیا، عجب نا معقول طوطا ہے۔"

"میاں مٹھو ہوں، میاں مٹھو ہوں۔ میاں۔۔۔"

اور ہم وہاں سے چلے آتے۔

کچھ سفید رنگ کی موٹی موٹی ایرانی بلیلاں بھی تھیں جو اس قدر مغرور تھیں کہ کسی کو خاطر میں نہ لاتی تھیں۔ البتہ ایک چھوٹی سی بلی بڑی ذہین اور سمجھ دار تھی۔ وہ صبح صبح ہمیں جگانے آتی۔ چپکے سے پلنگ پر چڑھ کر پاؤں میں ہلکی سی گدگدی کرتی۔۔۔ جگا کر ایک کونے میں انتظار کرتی کہ کہیں ہم دوبارہ نہ سو جائیں۔

بڑے کمرے میں کچھ قالین تھے، اتنے خوب صورت کہ انہیں فرش پر دیکھ کر ہمیں بڑا افسوس ہوتا۔ وسط میں جو بڑا قالین تھا اس کا کچھ حصہ جل گیا تھا، اس طرح کہ وہاں پر نہ صوفہ رکھا جا سکتا تھا نہ کوئی میز۔ جب کبھی مہمان آتے تو وہی عقل مند بلی اس جلے ہوئے حصے پر بٹھا دی جاتی۔ وہ کچھ اس انداز سے وہاں بیٹھتی جیسے اسے کسی کی بھی کچھ پروا نہیں ہے۔ اسے لاکھ بلاتے، بہلاتے، پھسلاتے، پیار کرتے، لیکن وہ وہاں سے تب تک نہ ہلتی جب تک وہ سب چلے نہ جاتے۔ باہر والوں میں سے کسی کو پتا تک نہ تھا کہ ہمارا خوب صورت قالین جلا ہوا ہے۔

ان دنوں رُوفی اور میں اُوپر کے کمرے میں رہتے تھے کیوں کہ روفی کا خیال تھا کہ سطح سمندر سے زیادہ بلندی کی وجہ سے اس کی آب و ہوا بہتر ہے۔

ٹیوشن شروع ہو گئی۔ دن بھر سکول میں رہتے۔ شام کو ماسٹر صاحب تشریف لاتے جو چلتے وقت فالتو کام دے جاتے۔ جس کے لیے دیر تک جاگنا پڑتا۔ بعض

اوقات روفی کے ابا ہمیں سیر پر لے جاتے اور راستے بھر انواع واقسام کی ہدایتیں ملتیں۔۔۔ یہ کرو، یہ مت کرو، اگر یوں کرو تو یوں ضرور کرو اور اگر یوں نہیں کرتے تو یوں بھی مت کرو۔ ایک روز انہوں نے ہمیں کلب جانے کو کہا۔ بولے "اس طرح تمہاری معلومات میں اضافہ ہوگا اور گفت گو کرتے وقت اب جو جھجک محسوس ہوتی ہے وہ دُور ہو جائے گی۔" چناں چہ ہم کلب گئے۔ جا کر دیکھتے کیا ہیں کہ ایک بہت بڑی سجی سجائی عمارت سنسان پڑی ہے اور ایک لمبے سے کمرے میں بہت سے معمر حضرات بالکل بے زار بیٹھے ہیں۔ ہم ایک کونے میں چوروں کی طرح کھڑے تھے کہ انجینئر صاحب نے بلایا اور پاس بٹھالیا۔ کچھ دیر خاموشی رہی پھر انہوں نے کہا۔ "بھئی لڑکو! کچھ بات چیت کرو۔" میں نے روفی کی طرف دیکھا۔ انہوں نے میری طرف اشارہ کیا۔ میں نے گلا صاف کیا اور سوچنے لگا کہ کیا کہوں۔ چند روز پہلے ہم نے سنا تھا کہ شاہ امان اللہ خان نے تخت چھوڑ دیا ہے۔ چلو اسی سے گفت گو شروع کرتے ہیں۔

"وہ سنا آپ نے۔۔۔ امان اللہ خاں نے تخت چھوڑ دیا۔"

"اچھا؟ کب؟" انجینئر صاحب نے پوچھا۔

"کچھ دن ہوئے۔"

ان کی بغل میں جو صاحب بیٹھے تھے بولے۔ "کس نے تخت چھوڑ دیا؟"

"جی، امان اللہ خاں نے۔"

"افوہ!" کہہ کر وہ خاموش ہو گئے۔

"کیا ہوا؟ کون تھا؟" ایک صاحب جو ان کے بالکل قریب بیٹھے تھے کہنے لگے۔

"جی امان اللہ خاں نے تخت چھوڑ دیا۔"

"اوہ!"

ان کے سامنے بیٹھے ہوئے صاحب کچھ دیر کے بعد چونک کر بولے۔

"یہ کن صاحب کا ذکر ہو رہا ہے؟"

"جی امان اللہ خاں کا۔"

"نہیں کیا ہوا؟"

"انہوں نے تخت چھوڑ دیا۔"

"اچھا!"

"بھئی یہ اکیلے ہی اکیلے کیا باتیں ہو رہی ہیں۔ ہمیں بھی تو بتاؤ۔" ایک طرف سے آواز آئی۔

"جی، امان اللہ خاں نے تخت چھوڑ دیا۔"

"افوہ، بڑا افسوس ہوا۔ کون تھے وہ؟"

"جی بادشاہ تھے۔"

"کہاں کے؟"

افغانستان کے۔"

"اچھا۔"

میرے داہنے ہاتھ بیٹھے ہوئے صاحب یکلخت اُچھل پڑے۔ "کیا کسی نے تخت چھوڑ دیا۔"

"جی ہاں۔"

"کس نے؟"

"امان اللہ خاں نے۔"

"اوہ، امان اللہ خاں نے۔"

کچھ دیر خاموشی رہی۔ پھر سامنے کے صوفے پر ایک صاحب ہڑبڑا کر اُٹھے۔

" یہ کوئی کسی کے کچھ چھوڑ دینے کا ذکر کر رہا تھا۔ کیا ہوا؟"

"جی، امان اللہ خاں نے تخت چھوڑ دیا۔"

"ارے۔"

غرض یہ کہ اسی طرح باری باری ہر شخص نے پوچھا کہ کیا ہوا اور مجھے کوئی پچاس مرتبہ بتانا پڑا کہ امان اللہ خاں نے تخت چھوڑ دیا۔ ہم نہایت بے زار ہو کر واپس لوٹے۔ گھر میں یہ بیٹھے باتیں کر رہے تھے۔ جھیل کی باتیں شروع ہو گئیں۔ مچھلیوں کے متعلق ان کے شبہات بدستور موجود تھے۔ ہم نے بڑے وثوق سے کہا کہ وہ بڑی بڑی مچھلیاں ہیں۔ ہم اکثر پکڑتے رہے ہیں۔ ہم نے کئی مرتبہ انہیں بھونا جبھی ہے۔ بولے۔ اچھا اس مرتبہ پکڑو، تو گھر لانا ہم بھی چکھیں گے۔

اگلے اتوار کو ہم صبح سے شام تک پانی میں بنسیاں ڈالے بیٹھے رہے، لیکن کچھ نہ ملا۔ واپسی پر بازار میں مچھلی والے سے بڑی بڑی مچھلیاں خریدی گئیں اور باورچی کے حوالے کی گئیں۔ اتفاق سے اس شام کو سب کہیں باہر مدعو تھے۔ گھر میں صرف میں اور روفی تھے اور ایک بزرگ جو ننھے میاں کو ساتھ بٹھا کر کھانا کھلایا کرتے۔ رات کے وقت بزرگ کو اچھی طرح دکھائی نہ دیتا تھا۔ ننھے میاں پہلے تو دستر خوان پر بیٹھتے پھر چپکے سے اُٹھ جاتے۔ اُدھر بلیلاں قطار باندھے کیو لگائے منتظر ہوتیں اور

بڑے اطمینان سے ساتھ آ بیٹھتیں۔ وہ یہی سمجھتے کہ ننھے میاں ساتھ بیٹھے ہیں، چنانچہ وہ بار بار بلیوں سے کہتے۔ برخوردار بھوکے مت رہنا۔ چیزیں اٹھا اٹھا ان کے سامنے رکھتے۔ یہ چکھو برخوردار۔ یہ بھی کھاؤ برخوردار۔۔ ادھر بلیلاں بڑے سکون سے کھاتیں۔

چنانچہ ہماری خریدی ہوئی مچھلیاں اس رات بلیوں نے کھائیں۔ اگلی مرتبہ ہم جھیل پر گئے اور واپس آتے وقت مچھلیاں خرید کر لائے تو نہ جانے کس کے مشورے سے مچھلیاں ڈاکٹر صاحب کے ہاں بھیج دی گئیں۔ اس سے اگلی مرتبہ انجینئر صاحب کے ہاں۔ پھر ایک روز کیا ہوا کہ سب کے سامنے مچھلی والا حساب لے کر آ گیا۔ ہمارا جیب خرچ ختم ہو چکا تھا اور مچھلیاں اُدھار آ رہی تھیں۔ سب کو پتا چل گیا۔ ہمارا خوب مذاق اُڑا۔ ہمیں ہدایت کی گئی کہ آئندہ جھیل پر نہ جایا کریں۔ ہم وہاں محض وقت ضائع کرنے جاتے ہیں۔ جب وہاں مچھلیاں ہیں ہی نہیں تو جانا بالکل بے سود ہے۔

ہم سکول کا کام کر رہے تھے۔ رستم ہمارے پاس بیٹھا تھا۔ ہمارے دل میں بار بار یہی خیال آتا تھا کہ وہاں جانا بے سود کیوں ہے۔ رستم کہہ رہا تھا۔ لڑکو جب تم بڑے ہو جاؤ گے تب تمہیں معلوم ہو گا کہ دنیا میں جس کام سے کسی فائدے کی اُمید نہیں ہے وہ بے سود ہے۔ دنیا میں لوگ صرف وہی کام کرتے ہیں جس میں نفع ہو۔ صرف ان لوگوں سے ملتے ہیں جو فائدہ پہنچا سکیں۔ صرف وہ باتیں سوچتے ہیں جو سود مند ہوں۔ باقی کے سب کام، سب انسان اور سب باتیں بے کار ہیں۔

اگلے اتوار کو سب کہیں باہر جا رہے تھے ہمیں حکم ملا کہ ہم دن بھر گھر کی

رکھوالی کریں گے۔ چھوٹے ننھے، ننھے میاں، ٹیلی فون اور ملاقاتیوں کا خیال رکھیں گے اور ماسٹر صاحب نے ہمیں گھوڑے پر جواب مضمون لکھنے کو کہا تھا۔

میں اور روفی کمرے میں کاپیاں لیے بیٹھے تھے۔ ایک کونے میں ننھا کھیل رہا تھا۔ ننھے میاں پڑوس کے بچوں کے ساتھ تھے۔ رستم پوچھنے لگا۔ "کیا لکھ رہے ہو؟" ہم نے بتایا۔ "گھوڑے پر جواب مضمون۔" وہ بولا۔ "یوں بھی کبھی مضمون لکھے گئے ہیں۔ سوال مضمون ہو یا جوابِ مضمون، جس چیز پر لکھنا ہو اُسے دیکھ کر لکھو میں ابھی گھوڑا لاتا ہوں۔" وہ گھوڑا لے آیا۔ "اب اس پر سوار ہو کر لکھو۔ تمہیں گھوڑے 'پر' جواب مضمون لکھنا ہے۔"

وہ گھوڑا بہت اُونچا تھا۔ ہم زینے پر کھڑے ہو گئے۔ رستم گھوڑے کو کھینچ کر دیوار کے ساتھ لگانے کی کوشش کر رہا تھا۔ بڑی مشکل سے گھوڑا نزدیک آیا، ابھی روفی نے اپنا پاؤں اس پر رکھا ہی تھا کہ وہ آگے چل دیا۔ کئی مرتبہ اسی طرح ہوا۔ آخر طے ہوا کہ گھوڑے پر سیڑھی لگا کر چڑھا جائے۔ رستم بولا۔ اگر تم دونوں نے اس گھوڑے پر چڑھ کر مضمون لکھا تو دونوں کا مضمون ایک سا ہو گا۔ میں ایک اور گھوڑا لاتا ہوں۔ ہم نے کہا۔ نہیں یہی کافی ہے۔ بہ مشکل رُوفی گھوڑے پر سوار ہوئے۔ اس قدر ڈرے ہوئے تھے کہ رستم کو بھی ساتھ بیٹھنا پڑا۔ میں نے انکار کر دیا۔ دیکھتے دیکھتے گھوڑا بدک کر سرپٹ بھاگا۔ رستم نے چار یا پانچ نہایت اعلیٰ درجے کی نفیس قلابازیاں کھائیں اور رُوفی نے کسی کہنہ مشق نٹ کی طرح تماشا دکھایا۔

کپڑے جھاڑتے ہوئے رُوفی ستم سے بولے۔ "گھوڑے پر ان دونوں سواریوں کا شکریہ۔"

"دو سواریاں کیسی؟"

"میری پہلی اور آخری سواری۔"

باورچی کو کہا گیا تھا کہ وہ ننھے کا خیال رکھے۔ چنانچہ وہ ہر دس پندرہ منٹ کے بعد باورچی خانے کی کھڑکی سے سر نکال کر ننھے کی طرف دیکھے بغیر چلاتا تھا۔ "ننھے یوں مت کرو!" "خبردار ننھے جو یہ کیا ہے تو!"

پھر یکایک ننھے کے رونے کی آواز آئی۔ ہم بھاگے بھاگے پہنچے۔ "ننھے کو چوٹ کیوں کر لگی؟" ہم نے باورچی سے پوچھا۔

"وہ سامنے سیڑھیاں دیکھیں آپ نے؟"

"ہاں۔"

"بس وہ ننھے نے نہیں دیکھیں۔"

ہم نے اسے چپ کرانے کے لیے بہتیرے جتن کیے۔ آخر رستم نے مشورہ دیا کہ اسے گائے کا دودھ پلایا جائے۔ باورچی دودھ لایا۔ ہم نے اس سے پوچا۔ "یہ تازہ تو ہے نا؟"

"تازہ؟ چند گھنٹے پہلے یہ سبز گھاس تھا۔" اس نے فوراً جواب دیا۔

ننھے نے چکھا لیکن پینے سے انکار کر دیا۔ معلوم ہوا کہ دودھ پھیکا تھا۔ باورچی سے شکر ملانے کو کہا گیا۔ اس نے گھر چھان مارا، لیکن شکر نہ ملی۔ رستم نے کہا۔ "ابھی صبح پانچ سیر شکر آئی تھی۔ باورچی خانے میں میں نے خود دیکھی ہے۔"

باورچی مسکرایا اور بولا۔ "افوہ! مجھے یاد آیا۔"

اندر گیا۔ کچھ دیر میں خالی ہاتھ لوٹا۔ "وہاں تو نہیں ملی۔"

"تو پھر کہاں گئی؟"

"کسی کتے بلی نے کھالی ہو گی۔" وہ بولا۔

اندر جا کر دیکھتے ہیں تو ایک بالکل چھوٹا سا کتا خوابِ خرگوش سے لطف اندوز ہو رہا ہے۔ اسے جگانے سے پہلے میں نے پوچھا۔ "کیا کتے شکر کھاتے ہیں؟"

"اور کتوں کو تو پتا نہیں، یہ کتا بے حد چٹورا ہے۔ میٹھی چیز تو یہ کبھی نہیں چھوڑتا۔ ضرور اسی نے شکر کھائی ہے۔ اسے تول کر دیکھ لیجیے۔"

کتے کو جگایا گیا۔ ترازو منگائی گئی۔ اسے تولا گیا۔ وہ پورا پانچ سیر تھا۔

"شکر کا وزن تو پورا ہو گیا۔" رُوفی نے باورچی سے پوچھا۔ "اب کتا کہاں گیا؟"

باورچی سے جب کئی اور سوال پوچھے گئے تو وہ بولا۔ میں اتنا بے وقوف نہیں ہوں جتنا کہ دکھائی دیتا ہوں۔"

"کاش کہ تم ہوتے۔" رستم نے کہا۔

اتنے میں ننھے میاں آ گئے۔ ننھے میاں خود ساڑھے چار سال کے تھے اور چھوٹے ننھے سے دو سال بڑے تھے۔ ہم نے ان کی خوشامد کی کہ چھوٹے ننھے کے ساتھ کھیلو۔ انہوں نے بڑی حقارت سے ننھے کی طرف دیکھا اور بولے۔ "اس کے ساتھ؟ اونہہ، یہ تو بچہ ہے۔"

ننھا خوب رو رہا تھا۔ آخر ہم نے تنگ آ کر ریڈیو لگا دیا اور اسے اتنا بلند کر دیا کہ ننھے کی آواز دب کر رہ گئی۔ دفتر سے اس طوطے کو نکال کر ریڈیو کے سامنے بٹھا دیا۔ سیاہی سے ننھے میاں کی ڈاڑھی اور مونچھیں بنائی گئیں۔ بلیوں کے منہ پر پاؤڈر، سرخی اور لپ سٹک لگائی گئی۔ کتے کے گلے میں سفید کالر اور نہایت بڑھیا ٹائی باندھی

گئی۔ سر پر ہیٹ اُڑھایا گیا۔ گھوڑے کے سر پر کلاہ رکھ کر صافہ باندھا گیا۔

فون آیا۔۔۔ رُوفی نے ریسیور اٹھایا اور ننھے کے منہ کے سامنے کر دیا۔ ننھا خوب مزے لے کر رو رہا تھا۔

کچھ دیر کے بعد پھر فون آیا۔ رُوفی نے پوچھا۔ "کون صاحب بول رہے ہیں؟" آواز آئی۔ "انعام علی، اکرام علی، الہام علی اینڈ کمپنی۔"

"اوہ۔۔۔ آداب عرض، آداب عرض اور آداب عرض!" اور ریسیور رکھ دیا۔

گھر میں خوب اودھم مچایا گیا۔ صندوقوں اور الماریوں کی تلاشی لی گئی۔ بندوق نکال کر چلائی گئی، دو گھڑے پھوٹ گئے۔ پھر فون کیا گیا۔

"کون سا نمبر چاہیے؟" آپریٹر نے پوچھا۔

"کوئی سا نمبر دے دیجیے۔" روفی بولے۔

"آپ بتائیے۔"

"آپ خود کوئی اچھا سا نمبر دے دیجیے۔"

"نہیں آپ۔"

"واللہ آپ۔"

"آپ بتاتے ہیں یا نہیں؟"

روفی نے ڈائل پر لکھا ہوا نمبر پڑھا۔ "مجھے یہ نمبر چاہیے۔"

"یہ تو آپ کا نمبر ہے۔"

"تو پھر میں اپنے آپ سے گفت گو کرنا چاہتا ہوں۔"

جب شام کو سب آئے تو ہم بڑی سنجیدگی سے سوال نکال رہے تھے۔ ننھا رونے کے شغل سے تنگ آکر سو چکا تھا۔ ننھے میاں کے متعلق پوچھا گیا کہ وہ کہاں ہیں؟ کچھ دیر میں وہ سب کے سامنے سے گزرے۔ وہ کچھ چیزیں چرائے لیے جا رہے تھے، منہ سفید کریم سے لُپا ہوا تھا۔ انہیں پکڑا گیا۔ معلوم ہوا کہ آپ نے وینشنگ کریم (Vanishing Cream) لگائی ہے اور آپ کا خیال ہے کہ آپ سب کی نگاہوں سے اوجھل ہو چکے ہیں اور آپ کو چوری کرتے ہوئے کوئی نہیں دیکھ رہا۔

صبح صبح باہر آہٹ ہوئی۔ ہم نے پوچھا کون۔ باورچی تھا۔ "مجھے چھ بجے جگا دینا۔" روفی بولے۔

"چھ تو بج گئے۔" اس نے بتایا۔

"تو مجھے جگا دو۔"

ہم باہر نکلے۔ چپکے سے گائے کا موٹا تازہ اور بیل نما بچھڑا کھولا۔ اس پر زین کسی گئی۔ ایک سینگ پر سائیکل کا لیمپ لگایا گیا۔ دوسرے پر ہارن اور گھنٹی فٹ کیے گئے۔ ہم دونوں سوار ہو کر سیر کے لیے نکلے۔ روفی نے دونوں سینگ یوں پکڑے تھے جیسے موٹر چلا رہے ہوں۔ لیمپ روشن تھا۔ ہم ہارن بھی بجاتے تھے اور گھنٹی بھی۔

ماسٹر صاحب بالکل ہمارے پڑوس میں رہتے تھے۔ انہوں نے مرغیاں، بطخیں، خرگوش اور نہ جانے کیا کیا الا بلا پال رکھی تھی۔ راستے میں طے ہوا کہ آج دوپہر کو چھت پر چڑھ کر آئینے کی مدد سے ان کے پرندوں اور جانوروں پر سورج کی شعاعیں پھینکی جائیں۔ دوپہر کو روفی اندر سے ایک بڑا آئینہ اٹھا لائے۔ ہم نے شعاعیں پھینکیں۔ مرغیاں اور بطخیں اڑ کر سڑک پر چلی گئیں۔ کچھ ہمارے ہاں

آ گئیں۔ خرگوش اندر جا چھپے۔ اور پھر رُوفی کے ہاتھ سے جو آئینہ پھسلا ہے تو چور چور ہو گیا۔ ہم نے رستم کو بتایا۔ وہ بولا۔ غضب ہو گیا۔ وہ آئینہ تو بہت پرانا تھا۔ کئی نسلوں سے آپ کے خاندان میں چلا آتا تھا۔ ہم بہت ڈرے۔ وہ بولا۔ "اچھا میں موقع پا کر صاحب سے کہہ دوں گا کہ وہ آئینہ جو نسلاً بعد نسلاً آپ کے ہاں چلا آتا تھا۔"

"ہاں ہاں اسے کیا ہو گیا؟" ہم نے بے صبری سے پوچھا۔

"اسے اس نسل نے توڑ دیا ہے۔"

ہم منتیں کرنے لگے کہ کسی کو مت بتانا۔ ہم دوسرا خرید لائیں گے، بالکل ایسا ہی۔ مصیبت یہ تھی کہ ہم ان دنوں مفلس تھے۔ میری سائیکل میں اتنے پنکچر لگے ہوئے تھے کہ سائیکل والا عاجز آ چکا تھا۔ آخری مرتبہ جب میں ایک اور پنکچر لگوانے گیا تو اس نے مجھے ٹیوب دکھائی۔ پنکچروں پر پنکچر اور ان پر اور پنکچر لگے ہوئے تھے۔ وہ بولا۔ "اب میں صرف یہ کر سکتا ہوں کہ اس ٹیوب پر ایک نئی ٹیوب چڑھا دوں، بس۔"

اُدھر روفی کے پاس بھی کچھ نہیں تھا۔ ہم نے رستم سے ادھار کے لیے کہا۔ وہ بولا۔ "مجھے تو پڑوسیوں نے کنگال کر رکھا ہے۔ سب کچھ اُدھار لے جاتے ہیں۔ بعض اوقات جو چیزیں میں خود ادھار لاتا ہوں وہ انہیں بھی ادھار لے جاتے ہیں۔ میری تنخواہ، میرے برتن، کپڑے، صندوق، سب کچھ ان کے ہاں رہتا ہے۔ ان کے ہاں میری اتنی چیزیں ہیں کہ اپنے گھر کے مقابلے میں ان کے ہاں میرا زیادہ جی لگتا ہے۔ یہاں تک کہ ایک روز وہ میرے مصنوعی دانت اور عینک بھی ادھار لے

گئے تھے۔"

ہم بڑے گھبرائے۔ آخر طے ہوا کہ باورچی سے روپے مانگے جائیں اور مانگتے وقت اسے باورچی نہ کہا جائے بلکہ خانساماں کہا جائے۔ مشکلوں سے اس نے وعدہ کیا کہ وہ کسی سے ادھار لے کر ہمیں کل روپے دے گا اور ہم اسے گیارہ بجے بڑے بازار میں ملیں۔

ہم سکول سے بھاگ کر بازار پہنچے۔ دیر تک انتظار کرنے پر بھی وہ ہمیں نہ ملا۔ ادھر یہ بھی ڈر تھا کہ کہیں کوئی ہمیں بازار میں دیکھ نہ لے۔ آخر ہم ایک دکان میں جا گھسے اور یوں ہی قیمتیں پوچھنے لگے۔

روفی نے ایک مفلر کی قیمت پوچھی۔ دکاندار بولا۔ "پچاس روپے۔"

"لاحول ولا قوۃ۔ اور اس قلم کی کیا قیمت ہے؟"

"دو لاحول ولا قوتیں۔"

"یعنی۔"

"یعنی سو روپے۔"

"اچھا کوٹوں کا کپڑا تو دکھا دیجیے۔"

ہم کپڑوں کو بھی دیکھ رہے تھے اور سڑک کی طرف بھی۔ تھوڑی سی دیر میں ہم نے سارے تھان اُلٹ پلٹ کر رکھ دیئے۔ یہ دکاندار بولا۔ "تو کون سا کپڑا پسند آیا آپ کو؟"

"جناب معاف فرمایئے۔ ہمیں کپڑا نہیں خریدنا تھا۔ دراصل ہم اپنے باورچی کی تلاش میں ہیں۔"

"تو اگر آپ کا یہ خیال ہے کہ آپ کا باورچی ان دو باقی ماندہ تھانوں میں لپٹا ہوا ہے تو میں وہ بھی دکھائے دیتا ہوں۔"

وہ بقیہ تھان لینے مڑا اور ہم وہاں سے بھاگے۔

آخر ہمیں باورچی مل ہی گیا۔

"اتنی دیر لگا دی؟ پتا بھی ہے اب کیا بجا ہے؟" ہم نے اسے شکایتاً کہا۔

"میں مختلف آدمیوں سے وقت پوچھتا رہا ہوں۔ کوئی کچھ بتاتا ہے کوئی کچھ۔"

"وہ سامنے دیکھو۔" ایک کلاک میں پورے بارہ بجے ہوئے تھے۔

"ارے!" وہ چونک پڑا۔ "یہ کلاک کی دوسری سوئی کہاں گئی؟"

ہم نے بالکل ویسا ہی آئینہ خریدا۔ واپسی پر اس نے بتایا۔ "میں ڈاک لانے کا بہانہ کر کے آیا ہوں۔ اس لیے ڈاک خانے ہو کر چلیں۔" اور ہم راستے بھر ڈرتے آئے کہ کہیں کوئی ہمیں اور آئینے کو دیکھ نہ لے۔

"کوئی ڈاک تھی؟" اس سے پوچھا گیا۔

"ڈاک تو نہیں تھی، فقط ایک خط تھا۔" وہ بولا۔

آئینہ رستم کو دکھایا گیا۔ اس نے ہمیں بتایا کہ اس کے سامنے وہی آئینہ دو مرتبہ پہلے بھی ٹوٹ چکا ہے۔ دونوں مرتبہ نیا خریدا گیا۔ لیکن شکر ہے کہ وہ آئینہ جو نسلاً بعد نسلاً چلا آرہا تھا بالکل صحیح سلامت ہے۔

رات کو ہم نے دیکھا کہ روفی کے ابا دفتر میں کام کر رہے ہیں۔ ان کے ڈیپارٹمنٹل امتحان ہو رہے تھے۔ روفی اندر گئے۔ سلام کیا اور پوچھا۔

"سنائیے ابا جان پرچے کیسے ہو رہے ہیں؟"

"اچھے ہو رہے ہیں۔ شکریہ۔"

"امتحان مشکل تو نہیں لگ رہا؟"

"نہیں۔ آسان ہے۔" وہ مسکراتے ہوئے بولے۔

"پھر بھی آپ اتنی محنت نہ کیا کریں۔ اتنی دیر تک جاگا بھی مت کریں، ورنہ صحت پر برا اثر پڑے گا اور اپنی عینک سنبھال کر رکھا کریں۔ نوکر اکثر اسے لگا لیتے ہیں۔"

روفی کے ابا کی عینک کچھ ایسی تھی کہ جو اسے لگاتا چند قدم چل کر دھڑام سے گرتا۔ ہم نے کئی مرتبہ تجربہ کیا تھا۔

روفی کے ہاں ان کے کئی رشتہ دار ملنے آئے جن کے ساتھ بے شمار بچے تھے۔ نہایت شوخ اور شریر قسم کے بچے۔

روفی کی امی نے ننھے میاں سے کہا۔ "ننھے دادی جان کو پیار کرو۔"

"امی۔ میرا قصور؟" انہوں نے ٹھٹک کر پوچھا۔

"اچھا نہیں اپنا سبق پڑھ کر سناؤ۔ یا چلو کوئی ضرب المثل ہی سنا دو۔"

"کل کا کام آج پر مت چھوڑو۔" ننھے میاں سینہ تان کر بولے۔

"غلط ہے۔ سوچ کر پھر بتاؤ۔" ان کی امی نے ڈانٹا۔

"آج کا کام پرسوں پر مت چھوڑو۔"

"چلو رہنے دو۔" ان کی دادی جان بولیں۔ "اچھا یہ بتاؤ تم صبح کتنے بجے جاگتے ہو؟"

"جب سب جاگتے ہیں۔"

"بچوں کو تو مرغ کی اذان کے ساتھ اٹھنا چاہیے۔"

"جی ہمارے ہاں مرغ ہیں ہی نہیں۔"

"تو سورج کی پہلی کرن کے ساتھ اُٹھنا چاہیے۔"

"جس کمرے میں ہم سوتے ہیں اس کا رُخ مغرب کی طرف ہے۔"

اُدھر بچوں نے ہمیں پریشان کر دیا۔ ایک پوچھتا تھا۔ بھائی جان، چڑیا گھر کو چڑیا گھر کیوں کہتے ہیں؟ دوسرا یہ معلوم کرنا چاہتا تھا کہ یہ چیتے اور شیر وغیرہ سرکس سے پہلے کیا کیا کرتے تھے؟ ایک کا غبارہ اُڑ گیا۔ وہ یہ دریافت فرما رہے تھے کہ کششِ ثقل نے غبارے کو روکا کیوں نہیں۔ کششِ ثقل سے ان کا اعتبار اُٹھ چلا تھا۔

ایک بچے نے بتایا کہ اس نے ایک شخص کو دیکھا تھا جس کا نصف چہرہ بالکل سیاہ تھا۔

"یہ کیسے ہو سکتا ہے؟" روفی نے پوچھا۔

"اس کا بقیہ نصف چہرہ بھی سیاہ تھا۔"

دوسرا بولا: "ہمارے ماسٹر صاحب بارش میں چھتری استعمال نہیں کرتے۔"

"تو پھر کیا کرتے ہیں؟"

"بس بھیگ جاتے ہیں۔"

تیسرا بھاگا بھاگا آیا۔ "امی جان میں نے باغ میں خرگوش دیکھا ہے۔"

"وہم ہو گا۔"

"اچھا تو کیا وہم کی ایک سفید دُم اور دو لمبے لمبے کان ہوتے ہیں؟"

ہم تنگ آ گئے۔ عجب گستاخ اور ہونق بچوں سے واسطہ پڑا تھا۔ آخر روفی اور

میں اُٹھے۔

"کہاں جارہے ہو؟" کسی نے پوچھا۔

"باغ میں۔ پھل توڑنے۔"

"لیکن پھل تو ابھی کچے ہیں... کل ہی تو دیکھے تھے۔"

"شاید کچھ پک گئے ہوں۔"

"بیٹھے رہو۔ پھر کبھی دیکھ لینا۔"

اور ہمیں بیٹھنا پڑا۔

ایک بزرگ فرمارہے تھے۔ "جب میں چھوٹا سا تھا تو اس قدر نحیف تھا، اتنا کمزور تھا کہ میرا کل وزن چار پونڈ تھا۔ مجھے دنیا کی بیماریوں نے گھیرے رکھا۔"

"تو کیا آپ زندہ رہے تھے؟" ایک ننھے نے دریافت کیا۔

ایک خاتون فرمارہی تھیں۔ "اس وقت اپنے ملک میں ہم جاگ رہے ہیں، لیکن امریکا کے بعض حصوں میں لوگ سو رہے ہوں گے۔"

"سست الوجود کہیں گے۔" اور ننھے نے بات کاٹی۔

"آئس کریم جلدی سے کھالو، ورنہ ٹھنڈی ہو جائے گی۔" ایک طرف سے آواز آئی۔

"یہ کافی تو جلی ہوئی ہے۔"

دادی جان ننھے میاں سے پوچھ رہی تھیں۔ "کیوں ننھے یہ سڑک کہاں جاتی ہے؟"

"جی جاتی واتی تو کہیں نہیں، ہر صبح مجھے یہیں ملتی ہے۔ اگر رات کو کہیں چلی

جاتی ہے تو پتا نہیں۔"

"مگر یہ وہی سڑک تو ہے جو جرنیلی سڑک سے جا ملتی ہے اور پشاور جاتی ہے۔"

"تو پشاور سے واپس کون سی سڑک آتی ہے؟" ایک ننھے نے پوچھا۔

"ہمارے ماسٹر صاحب کی سالگرہ ہے۔ انہیں کیا تحفہ دیا جائے؟" آواز آئی۔

"ایک کتاب دے دو۔"

"مگر ان کے پاس ایک کتاب ہے۔"

دادی جان نے پھر ننھے سے سوال کیا۔ "وہ جو سامنے جانور چر رہے ہیں کتنے ہیں؟"

"بائیس۔" کچھ دیر کے بعد جواب ملا۔

"شاباش۔ اتنی جلدی تم نے کیوں کر گن لیے؟"

"بالکل آسان ہے۔ پہلے جانوروں کی ٹانگیں گن لیں۔ پھر چار پر تقسیم کر دیا۔"

ایک صاحب جو غالباً شکاری تھے اپنی آپ بیتی سنا رہے تھے کہ کس طرح وہ جنگل میں چھپتے پھر رہے تھے اور ایک شیر ان کا تعاقب کر رہا تھا۔ بچے طرح طرح کے سوال پوچھ رہے تھے۔ شیر کا رنگ کیسا تھا؟ آپ کی شیر سے دشمنی تھی کیا؟ شیر موٹا تھا یا دُبلا؟ آپ نے شیر کی کمر پر لٹھ کیوں نہیں مارا؟ کیا آپ ڈرپوک تھے جو شیر سے ڈر رہے تھے؟۔۔۔ وہ تھوڑی سی بات کرتے اور سب بچے چلا کر پوچھتے، پھر کیا ہوا؟ اور ساتھ ہی بے تکے سوالوں کی بوچھاڑ شروع ہو جاتی۔ وہ بالکل تنگ آ چکے تھے۔ ایک مرتبہ بچوں نے پھر پوچھا کہ پھر کیا ہوا؟

"پھر کیا ہونا تھا۔" وہ اپنے بال نوچ کر بولے۔ "پھر شیر نے مجھے کھالیا۔"

اور بچوں نے تالیاں بجائیں۔ ہپ ہپ ہرا کیا۔ ایک ننھا اپنا ڈھول اٹھالایا اور ساتھ ہی لکڑی کا نصف گھوڑا جسے آری سے کاٹا گیا تھا گھوڑے کا نام لوئی ساڑھے تین تھا۔ انہوں نے وجہ بتائی کہ پہلے انہوں نے اسے کسی دوست کے ساتھ مل کر خریدا تھا۔ تب اس کا نام لوئی ہفتم تھا۔ دونوں دوستوں کی لڑائی ہوئی تو گھوڑے کو آری سے آدھا آدھا تقسیم کیا گیا۔ چنانچہ اس کا نام لوئی ساڑھے تین رکھ دیا گیا۔

ہم پھر اُٹھے۔

"کہاں جا رہے ہو؟"

"جی باغ میں۔ شاید اب پھل کچھ پک گئے ہوں۔"

لیکن ہمیں پھر بٹھا لیا گیا۔ دوسرے کمرے سے ایک بچے نے صدائے احتجاج بلند کی اور نعرہ لگایا۔ ہم بھاگ کر پہنچے تو دیکھا کہ دو بچے لڑ رہے ہیں۔ بڑا چھوٹے کی خوب تواضع کر رہا تھا۔ مشکل سے دونوں کو علیحدہ کیا۔ دادی جان کے سامنے مقدمہ پیش ہوا۔ لڑائی کی تفصیل بیان کی جا رہی تھی۔ چھوٹا بچہ ڈینگیں مار رہا تھا کہ میں یہ کیا، میں نے وہ کیا۔ وہ کہہ رہا تھا۔ "میں نے اس کو پکڑ کے اپنے اوپر گرا لیا اور اپنی ناک اس کے دانتوں میں دے دی۔ پھر میں نے اس کی کہنی اپنی پسلیوں میں چبھو دی اور دھڑام سے اس کا مکہ اپنی کمر میں رسید کیا۔ پھر زور سے اس کا تھپڑ اپنے منہ پر مارا۔ پھر میں نے جو اس کی ٹھوکر اپنے گھٹنے میں لگائی ہے تو بس۔"

ہم پھل توڑنے کے بہانے سے بہ مشکل وہاں سے نکل سکے۔ باغ میں رُوفی اور میں دیر تک سوچتے رہے کہ دنیا میں کیسے کیسے نامعقول اور بے ہودہ بچے بستے ہیں۔

روفی نے کمرے کے دروازہ پر اندر کی طرف "خوش آمدید" لگایا تھا۔ اس طرح کہ جو شخص کمرے میں بیٹھا ہو، اسے یہ ہر طرف نظر آتا رہے۔ یہ ماسٹر صاحب کے لیے تھا۔

رُوفی کے لیے نئی رضائی تیار ہوئی تھی۔ انہیں رضائی کے نقش و نگار بے حد پسند تھے، اس لیے کہ انہیں دیکھ کر روفی کو مغل آرٹ یاد آجاتا تھا۔ ابھی اچھی خاصی گرمیاں تھیں، لیکن رات کو وہ پنکھا چلا کر رضائی اوڑھتے تھے۔

ایک اور امتحان آرہا تھا۔ ہمیں زائد کام کرنے کا کہا گیا۔ رستم پوچھنے لگا۔ "اتنے پریشان کیوں ہو؟"

روفی بولے۔ "کیا بتائیں۔ صبح کام، شام کو کام۔ کام، کام۔ تنگ آگئے ہیں۔"

"اتنا کام کب سے شروع کیا؟"

"کل سے شروع کریں گے۔"

رستم پڑھا لکھا تھا۔ اس نے وعدہ کیا کہ ہمارا ہاتھ بٹائے گا اور حساب کے سوال نکال دیا کرے گا۔ اس کے بعد دیر تک بڑوں پر تبصرے ہوتے رہے کہ یہ مزے کرتے ہیں۔ انہیں کوئی کچھ نہیں کہتا۔ نہ انہیں شام کو ٹیوشن کی مصیبت ہے۔ نہ علی الصبح اٹھنے کی قید۔ ان کی آزمائشیں، ان کے امتحان، ان کے کڑے دن گزر چکے ہیں۔ وغیرہ وغیرہ۔

پھر ہمارا امتحان ہوا۔ ہمیں کچھ اور بتایا گیا تھا، لیکن پرچے کچھ اور ہی آئے۔ چنانچہ ہم کچھ اور ہی لکھ آئے۔ بس فیل ہوتے ہوتے بچے۔ ہر ایک نے ہمیں حسب توفیق ڈانٹا۔ باورچی نے ہمدردی کے طور پر پوچھا۔ "سنا ہے آپ کا امتحان اتنا

اچھا نہیں رہا۔ کیا بات ہوئی؟"

رُوفی بولے۔ "بات یہ ہوئی کہ مجھے پتا نہیں تھا کہ کوہ سیرا نویدا، دریائے مسس سپی اور ٹمبکٹو کہاں ہیں۔"

"میں تو ہمیشہ یہی کہا کرتا ہوں کہ اپنی چیزیں سنبھال کر رکھا کرو۔"

ماسٹر صاحب ہمارے پرچے لے کر آئے۔ پہلے انہوں نے تعلیم کی اہمیت اور محنت کے فوائد پر چھوٹا سا لیکچر دیا پھر غلطیاں گنوانی شروع کر دیں۔۔۔ "تمہارا جغرافیہ بے حد کمزور ہے۔ یہ دیکھو اس نقشے میں ریلوے لائن اس جنکشن سے آگے چلتے چلتے ایک دم دریا بن جاتی ہے اور خلیج بنگال میں گرتی ہے۔ یہ چھوٹی سی جھیل سمندر کے عین درمیان واقع ہے اور اس دریا سے ایک سڑک نکلتی ہے، جو واپس پہاڑوں کی طرف جاتی ہے۔۔۔ تم نے اب تک اٹلس نہیں خریدی؟"

"جی نہیں۔"

"میں مہینوں سے چلا رہا ہوں۔ آخر تم اٹلس کیوں نہیں خریدتے؟"

"جی۔۔۔ دُنیا کی سیاسی حالات ذرا درست ہو لیں پھر خرید لیں گے۔"

"اور یہ طوفان نوح کے متعلق تم نے اوٹ پٹانگ باتیں لکھی ہیں۔ تم نے لکھا ہے کہ وہ کشتی کسی پہاڑ پر ٹھہری ہی نہیں۔"

"جناب پہاڑوں پر بھی کبھی کشتیاں ٹھہری ہیں؟"

"لیکن اُن دنوں سیلاب آیا ہوا تھا۔ چاروں طرف پانی ہی پانی تھا۔ اچھا، بھلا تم اس کشتی میں ہوتے تو اسے کہاں لے جاتے؟"

"جی میں اسے کسی اچھی سی بندرگاہ میں لے جاتا اور۔"

"اور۔ پھر؟"

"پھر ان تمام جانوروں کو باہر نکال کر ایک سرکس کھول لیتا۔"

"افوہ سیلاب تھا چاروں طرف۔" ماسٹر صاحب سر ہلا کر بولے۔ "اور یہ مضمون اتنا لمبا کیوں ہے؟ اسے صرف تین صفحوں کا ہونا چاہیے تھا۔"

روفی کو لمبے لمبے جواب مضمون لکھنے کا بہت شوق تھا، اگرچہ وہ ہوتے تھے بالکل یونہی سے۔ تین صفحوں کی قید کو انہوں نے یوں نظر انداز کیا کہ پہلے صفحے پر نمبر ایک لکھا، دوسرے پر نمبر دو، اس کے بعد کئی صفحوں کو اکٹھا کر کے پن کر دیا اور اس پر نمبر تین لکھ دیا۔

"اور پھر یہ مضمون اچھا بھی نہیں۔"

"جناب آپ یہ نہیں کہہ سکتے کہ یہ اچھا نہیں ہے۔ یہ کہہ سکتے ہیں کہ آپ کو پسند نہیں آیا۔"

"اچھا چلو یوں سہی کہ مجھے پسند نہیں آیا۔۔۔ اور یہ تاریخ کے پرچے میں تم نے ایجاد کیا، ایجاد کیا، کیوں بار بار لکھا ہے۔۔۔، تم نے لکھا ہے کہ شاہ جہاں نے تاج محل ایجاد کیا۔ جہانگیر نے جہانگیر کا مقبرہ ایجاد کیا۔ قطب صاحب نے قطب صاحب کی لاٹھ ایجاد کی۔"

"جی یہ اس لیے کہ پہلے ان چیزوں کا کسی کو علم نہیں تھا۔"

"دریافت کیں۔" میں نے لقمہ دیا۔

"نہیں دریافت بھی نہیں کیں۔ بنائیں، تعمیر کیں۔" ماسٹر صاحب بولے۔

"سچ کہو، تمہارا اسکول کا کام کون کیا کرتا ہے۔ ایمان سے بتاؤ۔"

"جی رستم کیا کرتا ہے۔"

"اکیلا؟"

"جی نہیں، ہم اس کی مدد کیا کرتے ہیں۔"

"تم دونوں کو اپنا خط خوب صورت بنانا چاہیے۔"

"پھر آپ ہماری اِملا میں غلطیاں نکالیں گے۔"

ماسٹر صاحب شاید کوئی خوش خبری سن کر آئے تھے، ہم سے بالکل خفا نہیں ہوئے۔ چلتے وقت کہنے لگے۔ "اتنی غلطیاں میں نے کسی اور کے پرچے میں نہیں دیکھیں۔"

"جی غلطیاں تو ہم سب کرتے ہیں۔۔۔ اسی لیے تو پنسل کے ساتھ ربڑ لگائی جاتی ہے۔" رُوفی مؤدبانہ بولے۔

چپراسی بیمار پڑ گیا۔ اس کی ڈیوٹی ہمیں دے دی گئی۔ ٹیلی فون اور ملاقاتیوں کا خیال رکھنا اور اس بے وقوف طوطے کی نگرانی کرنا۔ اس کی بیماری بھی عجیب سی تھی۔ صبح کہتا ہے، نمونیہ ہو گیا۔ شام کو کہتا ہے، نہیں سرسام تھا۔ کبھی کہتا کہ باؤلا کتا کاٹ گیا تھا۔ اسے ثابت کرنے کے لئے اس نے کتے کے بھونکنے کی نقل بھی اتاری۔ پھر رستم نے اسے بتایا کہ اس مرض میں مریض مر جاتا ہے۔ لیکن بھونکتا ہر گز نہیں، چنانچہ اس نے مرض فوراً بدل لیا۔ یہ مرض تپ دق، مالیخولیا، خون کے دباؤ، زکام وغیرہ سے ہوتا ہوا آسیب پر آکر رکا۔ آخر میں اس نے فیصلہ کر لیا کہ اس پر کسی بھوت کا سایہ ہے۔

شام کو ہم باورچی خانے میں بیٹھے تھے۔ باورچی کھانا پکا رہا تھا۔ رستم پاس بیٹھا

تھا۔ بھوتوں کے قصے ہو رہے تھے۔

"رات تم سوتے ہوئے شور مچا رہے تھے۔" میں نے روفی سے کہا۔

"میں بھونکتے ہوئے کتوں کو رات بھر دیکھتا رہا۔ تم نے وہ شور سنا ہو گا۔"

"بھوت تو میں نے دیکھا تھا پچھلے سال۔" باورچی بولا۔

"کیسا تھا؟"

"ایک بہت بڑے گدھے جیسا۔"

"تم اپنے سائے سے ڈر گئے ہو گے۔" رستم نے بتایا۔

"نہیں۔ سچ مچ کا بھوت تھا۔ اس نے میرا پیچھا کیا۔ میں نے بھاگ کر دروازہ بند کر لیا۔ مگر بھوت دیوار میں سے نکل آیا۔"

"پھر تم نے کیا کیا؟"

"میں دوسری دیوار میں سے باہر نکل گیا۔"

"کیا ہانک رہے ہو؟" رستم بولا۔ "ایسا کیسے ہو سکتا ہے؟"

"ایسا ہوتا ہے۔۔۔ مگر میں اس وقت خواب دیکھ رہا تھا۔ یہ خواب سنا رہا ہوں۔"

"میں اپنی آپ بیتی سناتا ہوں۔" رستم کہنے لگا۔ "میں اُن دنوں اپنے کھیت میں کام کیا کرتا تھا۔ کھیت کے راستے میں قبرستان بھی پڑتا تھا اور شمشان بھی۔ ایک دفعہ کیا ہوا کہ میں رات کو کھیت میں پانی لگانے جا رہا تھا کہ شمشان سے میرے پیچھے ایک بھوت ہو لیا۔ دیکھنے میں وہ بالکل انسانی روپ میں تھا۔ اس نے مجھے کچھ نہیں کیا۔۔۔ بس میری نقلیں اتارنے لگا۔۔۔ میں ڈر سے کانپنے لگا۔ میں نے دیکھا کہ وہ بھی کانپ

رہا ہے۔ میری گھگھی بندھی۔ اس کی بھی گھگھی بندھ گئی۔ ایک پیر وہاں رہتے تھے۔ میں اگلے روز ان کے پاس گیا۔ انہوں نے پہلے تو ایک تعویز لکھا۔ پھر کچھ سوچ کر بولے۔ "تم اس مردود سے کام کیوں نہیں لیتے۔" چنانچہ ان کی ہدایت کے مطابق میں اگلے روز ایک ہل اور دو بیل فالتو لے گیا۔ رات کو وہ آیا۔ اس نے اپنے ہل اٹھایا۔ بھیل جوتے۔ اس نے فوراً دوسرا ہل لیا اور بیل جوت لیے۔ میں نے ہل چلانا شروع کر دیا۔ اس نے بھی یہی کیا۔ غرض یہ کہ رات بھر ہم دونوں نے خوب ہل چلایا۔ علی الصبح وہ واپس چلا گیا۔ اس کے بعد میں نے اس سے ہل چلوایا۔ فصل کٹوائی۔ اناج نکلوایا۔ بوریوں میں بند کروایا۔ پھر اچانک نہ جانے اسے کیا ہو گیا، شاید کسی اور بھوت نے اسے پٹی پڑھادی تھی یا کچھ اور وجہ تھی۔ اس کے تیور بدل گئے۔ وہ میری طرف گھور کر دیکھتا۔ میرے قریب آنے کی کوشش کرتا۔ میں پیر صاحب کے پاس گیا۔ انہوں نے پہلے تو تعویز لکھا، پھر کچھ دیر سوچ کر تعویز واپس لے لیا اور مجھے ایک تجویز بتائی۔ اس پر میں نے فوراً عمل کیا۔۔ شام کو میں نے دو گڑھے کھودے۔ ایک میں خوب انگارے دہکائے، دوسرا یونہی رہنے دیا۔ دونوں پر ایک ایک اینٹ جمائی اور اُوپر سے راکھ چھڑک دی۔ رات کو وہ آیا۔ میں نے اس سے خوب کام لیا۔ پھر میں نے انگڑائی لی۔ اس نے بھی انگڑائی لی۔ میں بولا۔ بھئی اب تو آرام کرنا چاہیے۔ وہ اسی طرح بولا۔ بھئی اب تو آرام کرنا چاہیے۔۔۔ میں راکھ ہٹا کر ٹھنڈی اینٹ پر بیٹھ گیا۔ اس نے بھی اسی طرح کیا۔ دہکتی ہوئی اینٹ پر بیٹھ کر اس نے ایک فلک شگاف نعرہ لگایا اور جو وہاں سے غائب ہوا ہے تو پھر کبھی نہیں آیا۔"

باورچی نے بتایا۔ "جہاں میں پہلے ملازم تھا وہاں حویلی میں ایک بھوت رہتا تھا،

مگر اس سے کوئی ڈرتا ہی نہ تھا۔ بچے تک اس کا مذاق اُڑاتے۔ جب وہ ڈرانے کی کوشش کرتا، تو اسے جھڑک دیا جاتا کہ کیوں بے کار شور مچا رہے ہو۔ ناحق اپنا وقت بھی ضائع کر رہے ہو اور ہمارا بھی۔ کبھی کبھی اسے چائے کی دعوت دی جاتی۔ بھوت رات گئے میرے پاس آتا اور اس درگت پر آٹھ آٹھ آنسو رویا کرتا۔ سب سے زیادہ غم اسے اس بات کا تھا کہ قاعدے کی رُو سے اس سے سب کو ڈرنا چاہیے تھا اور یہ کہ بہ حیثیت ایک بھوت کے اسے نہایت ظالم اور سخت دل ہونا چاہیے تھا۔ اس نے کئی مرتبہ خودکشی کی کوشش بھی کی۔ آخر میں نے ایک روز سنا کہ بے چارہ کہیں شرم سے سمندر میں ڈوب کر مر گیا۔"

"ایک بھوت ہمارے چپڑاسی پر بھی تو سوار ہے۔"

"یہ فرضی بیمار ہے۔" رستم بولا۔ "اس کا مرض فرضی ہے اس لیے اس کا علاج بھی فرضی ہونا چاہیے۔ جب سب چلے جاتے ہیں تو یہ بالکل تندرست ہو جاتا ہے۔ ساری دوائیاں کہیں اِدھر اُدھر پھینک دیتا ہے اور علی الصبح اٹھ کر ورزش کرتا ہے تاکہ سارا دن لیٹے رہنے سے کہیں صحت خراب نہ ہو جائے۔"

"تو کیا یہ جھوٹ بولتا ہے۔" ہم حیران رہ گئے۔

"بالکل! لڑکو دنیا میں جھوٹ ایک نہایت اہم چیز ہے۔ اس کے بغیر گزارا مشکل ہے۔ اب تم جھوٹ بولتے ہو تو تمہیں تھوڑا سا افسوس ہوتا ہے۔ آہستہ آہستہ یہ افسوس غائب ہو جائے گا اور تم بے دھڑک کھلم کھلا جھوٹ بولا کرو گے۔ صبح سے جو جھوٹ بولنا شروع کرو گے تو شام تک سراسر جھوٹ بولو گے۔ حیوانوں سے جھوٹ بولو گے، انسانوں سے جھوٹ بولو گے۔ یہاں تک کہ خدا سے بھی جھوٹ

بولنے کی کوشش کرو گے۔"

کچھ دیر میں ڈاکٹر صاحب کی کار آگئی۔ وہ مریض کو دیکھنے آئے تھے۔ ہم نے تہیہ کر لیا کہ اب اس مریض کو شفا دلا کر ہی چھوڑیں گے۔ ہم نے ڈاکٹر صاحب کو سلام کیا۔ روفی بولے۔ "جناب مریض کی طبیعت اس قدر خراب ہے کہ وہ آپ سے ملنا نہیں چاہتا۔"

"آج تمہارا ٹمپریچر کتنا تھا؟" ڈاکٹر صاحب نے مریض سے پوچھا۔

"ایک سو آٹھ کے قریب تھا۔"

"اس قدر زیادہ؟"

"کہیں تم نے تھرمامیٹر سے چائے میں شکر تو نہیں ہلائی؟" روفی نے کہا۔

"تم نے ہدایت کے مطابق دوائی پی تھی؟" ڈاکٹر صاحب نے سوال کیا۔

"جناب اس نے بوتل پر لکھی ہوئی ہدایت پر عمل کیا ہے کہ کارک کو مضبوطی سے بند رکھو۔" روفی بولے۔

جب ڈاکٹر صاحب نسخہ لکھ رہے تھے تو روفی بڑی سنجیدگی سے منہ بنا کر کہنے لگے۔ "جناب اگر فرصت ہو تو مجھے بھی ملاحظہ فرمائیے۔ میں تندرست رہتا ہوں۔ آج تک بیمار نہیں ہوا۔ یہاں تک کہ مجھے معمولی سا نزلہ زکام بھی نہیں ہوتا۔ بعض اوقات تو میں بہت ڈرتا ہوں کہ کہیں میرے نظام میں کوئی خرابی تو نہیں ہے۔"

ہم علی الصبح اُٹھے۔ کھڑکی سے جھانک کر دیکھتے ہیں تو مریض صاحب کمرے میں ورزش کر رہے ہیں۔ چھلانگیں لگائی جا رہی ہیں۔ ڈنٹر پیلے جا رہے ہیں۔ ہم نے اندر جا کر ان سے صاف صاف کہہ دیا کہ مولانا یا تو آج صبح سے اپنا ٹیلی فون، وہ

نالائق طوطا اور ملاقاتیوں کو سنبھالو۔ ورنہ ہم سب سے کہہ دیں گے۔ آدمی سمجھ دار تھا۔ فوراً تندرست ہو گیا۔

اگلے ہفتے ماسٹر صاحب کے ہاں چوری ہو گئی۔ ان کا کنبہ چند دنوں سے کہیں گیا ہوا تھا۔ اس رات وہ خود بھی کہیں مدعو تھے۔ گھر خالی تھا۔ کوئی موقع پر آکر بالکل صفائی کر گیا۔ صبح کو ہم ان کے مکان پر گئے۔ روفی نے بڑے غور سے سب کچھ دیکھا پھر بولے۔ "گھبرانے کی کوئی بات نہیں، خوش قسمتی سے ہم دونوں سراغرسانی کی کہانیاں پڑھ رہے ہیں۔"

ہم دونوں نے مشورہ کیا۔ ماسٹر صاحب سے بالکل تھانے دارانہ انداز میں سوال پوچھے۔ پاؤں کے نشان دیکھے، مکان کو اِدھر اُدھر سے سونگھا۔ نتیجہ یہ نکلا کہ ایک سیاہ رنگ کی بلی جو برآمدے میں بندھی ہوئی تھی پکڑ لی گئی۔ یہ بلی موقع پر موجود تھی۔ اس نے چور کو دیکھا تھا۔ بلیلاں سمجھ دار ہوتی ہیں۔ ان کی آنکھیں رات کو چمکتی بھی ہیں، وہ اندھیرے میں بہ خوبی دیکھ سکتی ہوں گی۔ یہ چور کو پہچان سکتی ہے۔ اگر اس نے چور کو دیکھا تو غرائے گی، پنجہ مارے گی یا کسی اور طرح خفگی کا اظہار کرے گی۔ ہم اسے آس پاس سڑکوں پر لیے پھریں گے۔ چور بھی نزدیک ہی رہتا ہو گا۔ یہ کسی بھیدی کا کام تھا۔

شام کو ہم جھیل کے کنارے بیٹھے مچھلیاں پکڑ رہے تھے۔ دراصل ہم نے کانٹوں میں مچھلیاں پہلے سے لگائی ہوئی تھیں۔ پانی میں ڈور تھی اور ڈور کے سرے پر مچھلی۔ یہ رستم کے لیے کیا تھا۔ آج اسے مچھلیاں پکڑ کر دکھا دیں گے۔ جب وہ ہمیں لینے آیا تو چوری کی باتیں شروع ہو گئیں۔ ہمارا خیال تھا کہ لوگ محض دوسروں کو

پریشان کرنے کے لیے چوری کرتے ہیں اور یہ ایک قسم کا مذاق ہے۔ وہ ہمیں بتانے لگا کہ لوگ اس لیے چوری نہیں کرتے بلکہ دوسروں کی چیزوں پر قبضہ جمانے کے لیے کرتے ہیں اور پھر ان چیزوں کو کبھی واپسی نہیں لوٹاتے اور یہ انسان کی ہوس ہے جو اسے چوری کرنے کے لیے اکساتی ہے۔ کئی لوگ بڑی بڑی چوریاں بھی کرتے ہیں۔ انسانوں کو چرا لیتے ہیں۔ زمین کے بڑے بڑے خطوں، براعظموں کو چرا لیتے ہیں۔

اتنے میں شڑپ سے آواز آئی۔ "یہ آواز سنی تم نے؟" ہم دونوں چلائے۔

"یہ مچھلی تھی۔"

پھر میں نے ایک جھٹکے کے ساتھ ڈور کھینچی اور مچھلی باہر نکال لی۔ روفی نے بھی یہی کیا۔

"تم دیکھتے جاؤ، کچھ دیر میں یہاں مچھلیوں کے ڈھیر لگ جائیں گے۔ تب تو تمہارا شبہ رفع ہو جائے گا۔" ہم نے کہا۔

پھر ہم دوسرے کنارے کی باتیں کرنے لگے کہ جب کبھی ہم وہاں گئے تو رستم کو بھی ساتھ لے جائیں گے۔ وہ مسکرا کر بولا۔ "لڑکو یہ خود فریبی کی نیلی جھلیں اور دوسرے کنارے عمر بھر پیچھا نہیں چھوڑتے۔ ہم زندگی بھر اپنے آپ کو فریب دینے کی کوشش میں رہتے ہیں۔ یہ یقین دلانے کی کوشش میں کہ جو چیز یہاں نہیں ہے وہ یہاں ہے۔ آج تم نے وہ مری ہوئی مچھلیاں اپنے کانٹوں میں اس لیے لگائی تھیں کہ تمھیں اب تک یقین ہے کہ دُنیا جھوٹی ہے اور تمہارا تصور سچا ہے۔ دوسرے کنارے کے متعلق تم نے کیسے سہانے خیالات دل میں بسا رکھے ہیں۔ میں

وہاں کئی مرتبہ گیا ہوں۔ وہ کنارا بالکل ویران ہے، اس کنارے سے کہیں بڑا ہے۔
میں وہاں کئی مرتبہ گیا ہوں۔ وہ کنارا بالکل ویران ہے، اس کنارے سے کہیں برا ہے۔ میری مانو تو تم کبھی اس طرف مت جانا، ورنہ تمہیں افسوس ہو گا۔ دوسرا کنارا بس دور ہی سے اچھا لگتا ہے۔"

باری باری بلی پر ہماری ڈیوٹی لگتی۔ رات کو میری ڈیوٹی تھی۔ صبح اُٹھ کر دیکھتا ہوں تو بلی غائب ہے۔ بہتیرا ڈھونڈا مگر نہ ملی۔ روفی سو رہے تھے میں باہر بھاگا کہ کہیں ایسی ہی کالی بلی مل جائے تو پکڑ لاؤں۔ یوں تو بلیلاں ہمارے ہاں بھی بہت سی تھیں، لیکن ان میں سیاہ ایک بھی نہیں تھی۔ میں دعا مانگ رہا تھا کہ یاالٰہی کہیں سے ایک سیاہ بلی بھیج۔ لوگ کہتے ہیں کہ بچوں کی دعائیں بہت جلد قبول ہو جاتی ہیں۔۔۔ لوگ سچ کہتے ہیں، میں نے سڑک پر ایک آدمی دیکھا، جس کے ہاتھ میں تھیلا تھا اور تھیلے میں میاؤں میاؤں ہو رہی تھی۔ اس سے پوچھا وہ بولا کہ اس میں کوئی پندرہ سولہ بلیلاں بند ہیں۔ میں ان سے تنگ آچکا ہوں اور انہیں کہیں دُور چھوڑنے جا رہا ہوں۔ میں نے اس سے کہا کہ اگر وہ ایک سیاہ بلی مجھے نکال دے تو میں اس کا احسان عمر بھر نہ بھولوں گا۔ اس نے تھیلے میں ہاتھ ڈالا۔ پہلی بلی سفید تھی۔ اسے واپس بند کیا۔ دوسری چتکبری نکلی، تیسری بھوری، چوتھی بادامی۔ ادھر میرا برا حال تھا۔ کسی کالی بلی کے دیدار کے لیے آنکھیں بے تاب ہو رہی تھیں۔ خدا خدا کر کے سیاہ بلی نکلی اور میں لے کر بھاگا۔ روفی کے جاگنے سے پہلے سیاہ بلی وہیں بندھی ہوئی تھی۔

"یہ بلی دو تین دنوں میں کتنی موٹی ہو گئی۔" وہ بولے۔ واقعی یہ نئی بلی گزشتہ بلی سے بڑی تھی۔ تیسری رات یہ بلی بھی بھاگ گئی۔ بد قسمتی سے اس رات بھی

میری ڈیوٹی تھی۔ میں بڑا گھبرایا۔ اگر روفی کو پتا چل گیا تو جان کھا جائیں گے۔ مجھے صبح تک نیند نہ آئی۔ علی الصبح پڑوس میں گیا۔ ان کے ہاں ایک سیاہ بلی رہتی تھی۔ وہ ان سے ادھار مانگی۔ پہلے تو وہ متعجب ہوئے، غالباً پہلی مرتبہ کوئی بلی ادھار مانگنے آیا تھا۔ پھر انہوں نے اس شرط پر بلی دی کہ میں تیسرے دن واپس لوٹا دوں گا۔ ساتھ ہی اس کے ناشتے، لنچ اور ڈنر کے متعلق ہدایات کیں کہ نازو انعم میں پلی ہوئی ہے، کہیں دبلی نہ ہو جائے۔ یہ بلی بہت موٹی تھی۔ اسے دیکھ کر روفی بولے: "بھئی یہ بلی تو روز بروز موٹی ہوتی جا رہی ہے۔" حالاں کہ پہلی بلیوں کو سارا سارا دن بھوکا رکھا جاتا تھا۔ یہ بلی عجب شان سے رہتی تھی۔ خوشامدیں کرا کے کھانا کھاتی۔ ذرا ذرا سی بات پر برا مان جاتی اور دیر تک روٹھی رہتی۔ آتے ہی اس نے روفی کے ابا پر پنجہ اٹھایا اور روفی سوچنے بیٹھ گئے کہ سراغ رسانی کے قواعد کے مطابق تو ان پر شبہ کرنا چاہیے۔ پھر کہنے لگے کہ محض پنجہ اٹھانے سے شبہ نہیں کیا جا سکتا۔ بلی کو کچھ اور بھی کرنا چاہیے۔ شام کو ماسٹر صاحب آئے۔ ان پر بلی نے نہ صرف پنجہ اٹھایا بلکہ آنکھیں بھی دکھائیں اور دانت بھی نکالے، تو گویا ماسٹر صاحب نے خود اپنا سامان چرایا تھا۔ اس کے پوچھنے پر ہم نے تفصیل بتائی۔ وہ بولے۔ "تم ناحق اپنا وقت ضائع کر رہے ہو، جو کچھ ہونا تھا ہو چکا۔ بھلا بلیوں سے بھی کبھی سراغ نکلے ہیں۔"

"اور اگر سراغ نکل گیا تو؟"

"تو شرط رہی، جو کچھ تم کہو گے کروں گا۔"

تیسرے روز مجھے وہ بلی واپس کرنی پڑی۔ نئی بلی کی تلاش میں پھر مارا مارا پھرا۔ بڑی مصیبتوں سے ایک لڑکے سے ایک روپے میں ایک مریل سی کالی بلی خریدی۔

اسے دن بھر تو میں چھپائے رکھا۔ رات کو روفی نے دیکھا تو بڑا افسوس ظاہر کیا۔

"آئے ہائے۔ بے چاری بلی۔ یہ اسے کیا ہو گیا۔ یکلخت اتنی دُبلی کیسے ہو گئی؟"

ہمیں جب فرصت ملتی بلی کو لے کر باہر نکل جاتے۔ اسی اُمید پر کہ چور اب ملا۔ اب ملا۔

اور پھر خدا کا کرنا کیا ہوا۔ اسی مریل سی بلی نے جو اس قدر صلح پسند اور خاموش طبیعت تھی، سب کے سامنے رسی تڑا کر چھلانگ لگائی اور چپراسی کے اوپر سوار ہو گئی۔ یہ وہی چپراسی تھا جس نے کچھ عرصہ پہلے اپنے عجیب و غریب مرض سے شفا پائی تھی۔

بلی اسے نوچے ڈالتی تھی۔ پنجے مار رہی تھی، غرا رہی تھی۔۔۔ ہم نے بہ مشکل اسے چھڑایا۔ بلی کی اس حرکت پر سب کو چپڑاسی پر شبہ ہو گیا۔ جب اسے ڈرایا دھمکایا گیا تو وہ مان گیا کہ اس نے چوری کی تھی۔ اگلے روز تک ماسٹر صاحب کی سب چیزیں واپس مل گئیں۔ ہماری بڑی تعریفیں ہوئیں۔ بلی کی بھی تعریفیں ہوئیں۔ ہماری سراغ رسانی کو سراہا گیا۔ ہماری تصویریں بلی کے ساتھ اتاری گئیں۔

اور حقیقت کا صرف مجھے علم تھا۔ بلی کے متعلق بھی اور چور کے متعلق بھی۔۔۔ چور تو محض اپنی بد قسمتی سے پکڑا گیا۔ ہوا یوں کہ بلی دو دن سے بھوکی تھی، اُدھر وہ سیدھا باورچی خانے سے نکلا تھا۔ جب وہ بلی کے سامنے سے گزرا تو اس میں سے پلاؤ اور بھنے ہوئے گوشت کی خوشبو بُری طرح آ رہی تھی۔ بلی نے جو کچھ کیا وہ سراغ رسانی کے سلسلے میں نہیں بلکہ بھوک سے تنگ آکر کیا۔

میں اور روفی باغ میں بیٹھے تھے۔ سامنے پھلوں کا ڈھیر لگا ہوا تھا۔ ہمارے ذمے

یہ کام لگایا گیا تھا کہ ہم چھانٹ کر کچے پھل الگ کر دیں اور پکے الگ، روفی بڑے غور و خوض سے چھانٹ رہے تھے۔ ایک ایک پھل پر بڑی دیر لگاتے تھے۔ میں نے پوچھا تو بولے۔ "یہ انتخاب ہے جو مجھے مارے ڈالتا ہے۔ جانتے نہیں ہم آج کل کس قسم کی کہانیاں پڑھ رہے ہیں؟"

"میرے خیال میں پھل چکھ کر چھانٹے جائیں۔" میں نے مشورہ دیا۔ ہم نے پکے پھل کھانے شروع کر دیئے۔ ماسٹر صاحب تشریف لے آئے۔ وہ ہمارا شکریہ ادا کرنے آئے تھے۔

"لڑکو! میں شرط ہار گیا۔ بتاؤ میں کیا کروں؟"

"آپ پچاس مرتبہ خوش خط لکھئے کہ میں ہار گیا۔" روفی بولے اور ماسٹر صاحب نے سچ مچ لکھ دیا۔

مجھے وہ دن بھی یاد ہے جب رُوفی اور میں جھیل کے کنارے لمبی لمبی گھاس میں بیٹھے تھے۔ رات کو بارش ہوئی تھی۔ صبح بالکل صاف طلوع ہوئی۔ خنک ہوائیں چل رہی تھیں۔ فضا میں بادل تیر رہے تھے۔ جھیل کے نیلے پانی پر ہلکی ہلکی دُھند چھائی ہوئی تھی۔ ہر چیز میں نکھار تھا، تازگی تھی۔ یوں معلوم ہو رہا تھا جیسے دنیا ابھی ابھی تخلیق ہوئی ہے۔

ہم کہانیاں پڑھتے رہے۔ باتیں کرتے رہے۔ کھیلتے رہے۔ زقندیں بھرتے ہوئے پرندوں اور ناچتی ہوئی تتلیوں کو دیکھتے رہے۔ ہماری ڈوریں پانی میں تھیں، دن بھر ہمیں مچھلیوں کا انتظار رہا۔ ہم انہیں بھوننے کا سارا سامان لائے تھے۔ دن ڈھلے ہمیں رستم لینے آیا۔ ایسے خوش نما نظارے کو دیکھ کر وہ بھی ہمارے پاس بیٹھ

گیا اور عجیب عجیب سی باتیں سنانے لگا۔ جب رستم ایسی باتیں کرتا تو وہ ہمیں بالکل اچھا نہ لگتا۔ وہ بڑی سنجیدہ قسم کی باتیں کر رہا تھا کہ کیا ہوا جو زندگی اسی خود فراموشی اور خود فریبی میں گزر جایا کرے۔ اسی طرح مسکراتی ہوئی گزر جایا کرے۔۔۔ لیکن یوں نہیں ہوتا۔ کوئی کتنی ہی کوشش کرے ایسا ہرگز نہیں ہوتا۔ ان خوابوں سے چونکنا پڑتا ہے۔ وہ ہمیں بتانے لگا۔ "لڑکو! تم بڑے ہو گے تو تمہیں افسوس ہو گا۔ جوں جوں تمہارا تجربہ بڑھتا جائے گا تمہارے خیالات میں پختگی آتی جائے گی اور یہ افسوس بھی بڑھتا جائے گا۔ یہ خواب پھیکے پڑتے جائیں گے۔ تب اپنے آپ کو فریب نہ دے سکو گے۔ بڑے ہو کر تمہیں معلوم ہو گا کہ زندگی بڑی مشکل ہے۔ جینے کے لیے مرتبے کی ضرورت ہے۔ آسائش کی ضرورت ہے اور ان کے لیے روپے کی ضرورت ہے اور روپیہ حاصل کرنے کے لیے مقابلہ ہوتا ہے۔ مقابلے میں جھوٹ بولنا پڑتا ہے، دھوکا دینا پڑتا ہے، غداری کرنی پڑتی ہے۔ یہاں کوئی کسی کی پروا نہیں کرتا۔ دنیا میں دوستی، محبت، انس، سب رشتے مطلب پر قائم ہیں۔ محبت آمیز باتوں، مسکراہٹوں، مہربانیوں، شفقتوں۔۔۔ ان سب کی تہہ میں کوئی غرض پوشیدہ ہے۔ یہاں تک کہ خدا کو بھی لوگ ضرورت پڑنے پر یاد کرتے ہیں اور جب خدا دُعا قبول نہیں کرتا تو لوگ دہریے بن جاتے ہیں، اس کے وجود سے منکر ہو جاتے ہیں اور دُنیا کو تم کبھی خوش نہیں رکھ سکتے۔ اگر تم سادہ لوح ہوئے تو دُنیا تم پر ہنسے گی، تمہارا مذاق اُڑائے گی۔ اگر عقل مند ہوئے تو حسد کرے گی۔ اگر الگ تھلگ رہے تو تمہیں چڑچڑا اور مکار گردانا جائے گا۔ اگر ہر ایک سے گھل مل کر رہے تو تمہیں خوشامدی سمجھا جائے گا۔ اگر سوچ سمجھ کر دولت خرچ کی تو تمہیں

پست خیال اور کنجوس کہیں گے اور اگر فراخ دل ہوئے تو بے وقوف اور فضول خرچ۔ عمر بھر تمہیں کوئی نہیں سمجھے گا، نہ سمجھنے کی کوشش کرے گا۔ تم ہمیشہ تنہا رہو گے حتیٰ کہ ایک دن آئے گا اور چپکے سے اس دُنیا سے رخصت ہو جاؤ گے۔ یہاں سے جاتے وقت تم متحیر ہو گے کہ یہ تماشا کیا تھا۔ اس تماشے کی ضرورت کیا تھی۔ یہ سب کچھ کس قدر بے معنی اور بے سود تھا۔"

سورج غروب ہو رہا تھا۔ یکایک دوسرا کنارہ جگمگا اٹھا۔ وہاں بادل کے ٹکڑوں اور دُھند نے ایسا رنگین اور خوش نما محل بنا دیا کہ ہماری آنکھیں کھلی کی کھلی رہ گئیں۔ نازک سی حسین محرابیں، رنگ برنگے برج اور مینارے، بل کھاتے ہوئے زینے، دُور دُور تک پھیلی ہوئی فصلیں۔

ہم نے رستم کو اشارے سے یہ محل دکھایا۔ "کون کہتا ہے کہ وہ کنارہ بھی ایسا ہی ہو۔ وہ دیکھو۔"

پھر سب کچھ نیلا ہو گیا۔ آسمان، جھیل، بادل اور فضا اور دوسرا کنارا۔ کائنات نیلی ہو گئی۔ بادلوں کا بنا ہوا وہ حسین محل سنگِ مرمر کا بن گیا اور اس پر ہلکی ہلکی چاندنی چھا گئی۔

ان باتوں کو کافی سال گزر چکے ہیں اور اب مجھے دُور اندیش، جہاندیدہ اور عقل مند ہونا چاہیے، لیکن بد قسمتی سے یہ طویل عرصہ مجھ میں ذرا بھی تبدیلی نہ لا سکا۔

جب کبھی زندگی کی تلخیاں سامنے آتی ہیں، کریہہ حقیقتیں حسین و نازک خوابوں کو کچل ڈالتی ہیں، تب میں کسی ایسی ہی نیلی جھیل کے کنارے پناہ لیتا ہوں۔۔۔ اور زندگی میں ان جھیلوں کا تار بندھا ہوا ہے۔ تا حدِ نگاہ یہ جھیلیں اسی

طرح چلی گئی ہیں کہ جہاں ایک ختم ہوتی ہے وہاں دوسری شروع ہو جاتی ہے۔

اور جہاں حقیقت کی حدیں تصور کی حدود کو چھوتی ہیں۔۔۔ وہاں ایک پُر اسرار خطہ ہے۔ بالکل ویسا ہی حسین اور دل کش۔۔۔ دوسرا کنارہ!

***